港のある街

宮澤淑子句文集

Miyazawa Toshiko

青磁社

序

尾池 和夫

宮澤淑子さんは、私の大学一年生クラス会のメンバーです。男子ばかり五〇名ほどのクラス会でしたが、いつのまにか女性たちが元気な集まりになりました。このクラス会は、クラスメイトの利根川進さんがノーベル賞を受けたのでお祝いの会を家族同伴でやろうということになったのがきっかけで、一九八九年一〇月九日に第一回の会を開催しました。

その「S2クラス会」が、二〇〇四年一一月五日、大分に集まって耶馬溪を観て湯布院に泊まりました。その夜、森島さん、宗村さんから句会の提案がありました。次の日の移動のバスの中で、森島さん、江崎さんが俳句を詠み、亀高さんの奥様も俳句をやっているなどの話題になりました。次の日には京都大学理学部附属地球熱学研究所を見学しました。利根川さんも一緒でしたが、残念ながら先に出発して記念写真には入っていません。

二〇〇六年九月一一日、私は小坂文部科学大臣に会った後に京都嵐山の嵐峡館別館ロビーに駆けつけました。その時のクラス会はいくつかのオプションがあり、翌日トロッコ列車に乗った後、私たちは句会を開催しました。その時は宮澤ご夫妻は急用でご実家の岡谷へ行かれて参加できませんでしたが、この句会はクラスの名をとって「S2句会」と呼び、その後も名称を変えてずっと続いています。

地球熱学研究所の前で、前列向かって右から２人目が宮澤淑子さん、後列右端が宮澤生行さん。

二〇〇六年から淑子さんは金久美智子主宰の氷室俳句会の会員になって、「氷室集」に投句を始め、二〇〇六年一二月号では早くも金久美智子主宰の選による「氷室集」の巻頭になっています。

二〇〇八年・一月七日、日光の金谷ホテルに泊り、次の日は中禅寺湖畔、華厳の滝からいろは坂越え、再び日光での句会には、余米重則、宗村庚修、宮澤淑子、下村裕子、鴻坂厚夫、鴻坂佳子、森島宏、松岡かほる、尾池和夫、尾池葉子が参加して、〈この際と思ふ蓮の実飛びてより　葉子〉の句を私が特選に、葉子は〈黄葉や臨時ガイドは美声にて　和夫〉の句を特選に選びました。淑子さんにこの結果をさんざん冷やかされたのが忘れられません。

この年の氷室コンクールでは、俳句の部Ⅱで淑子さんの「夏時間の国」が入選し、翌年からは氷室同人として「氷壺集」に登場することになりました。金久美智子選による「氷壺集」でもこの年七月号で巻頭となっています。

二〇一〇年から淑子さんは「氷室」の氷壺集同人が氷壺集作品から一句を鑑賞する「百花百彩」の欄の執筆者となり、文筆の腕を振るってくれました。

二〇一二年一〇月二日、S2句会を毎月やろうということになって、「銀座ライオン新橋店」に集まりました。余米さんの親友の京都大学経済学部出身の伊藤武敏さんも加わり、余米重則、森島宏、鴻坂佳子、松岡かほる、宮澤淑子、尾池葉子、尾池和夫のメンバーでした。大阪在住の下村裕子さんは主に欠席投句で参加されました。ランチの後のテーブルで一人五句投句です。短冊を回して書き取るのに三〇分、全部講評して一六時まで盛り上がりました。この年一一月九日、宮津でのクラス会では、クラスメイトの宮澤生行《たかゆき》さんはもっぱら酒、宮澤淑子さんは俳句、下村裕子さんも鴻坂佳子さんも俳句、森島さん、宗村さん、私と葉子が句会に参加しました。

この年の氷室作品コンクールでは、俳句の部Ⅰ（同人）で淑子さんの「海の道」が入選しました。以後、毎年コンクールに参加して、次の年は俳句の部Ⅰで淑子さんの「やませ吹く」が佳作一席となり、さらに二〇一四年度では「ななかまど」が佳作でした。

二〇一六年からは「氷室」の「新・現代俳句鑑賞」で、俳句総合誌から抽出した俳句を鑑賞する連載に執筆していただきました。

二〇一七年一二月二五日、汐留の銀座ライオンでの句会から「停車場句会」と呼ぶことになりました。今、大規模な再開発が進む東京汐留地区ですが、一角に、一八七二（明治五）年、日本で最初に開業した鉄道ターミナル新橋停車場の駅舎があります。その中に「銀座ライオン」のレストランがありました。そこで私たちは「停車場句会」を続けていましたが、新型コロナウイルス感染症の影響でメール句会として続けている間に「銀座ライオン」は閉店してしまいました。淑子さんはいつも句会の世話役を務めてくださっていましたが、対面で句会が再開することができないまま亡くなられて、とても寂しい思いをしています。

二〇一八年に私が主宰を継承するまでの間に、金久美智子「氷室」創刊主宰の元で淑子さんは多くの句を詠まれ、氷室に入会以来、大会などの催しには欠かさず出席してくれました。

淑子さんの句集には旅の句があふれています。私が主宰となった二〇一八年には下仁田ジオパーク吟行句会などに参加されました。

下仁田

蒟蒻蔵の足音ひびき春の闇
地の動き示す青石雪のせて
凍川に渡し場跡よ鳥翔る
向ひ合ふ蒟蒻蔵のしづり雪

小豆島

活断層なき島けぶる青嶺かな
醬油樽に菌の棲みつく薄暑かな
茅葺の歌舞伎場なり大夕焼
竹散るや島の札所に石の椅子

淑子さんの出身は大阪です。大阪を詠む句は、どれもかつて地元の人だからこその味があります。

昔日の川筋戻る秋出水
大阪城濠より明けて半夏生
海堰きて拓きし祖父や青葉風

また、宮澤生行さんのご実家のある長野県の岡谷や友人のいる八ヶ岳などの句も登場します。

八ヶ岳よく見ゆる日の餅筵
黄落やまもなく閉ざす峠道

ご夫妻ご一緒のときは、生行さんは土地の酒を楽しみに、淑子さんはその土地で俳句を残しながら酒を付き合う楽しみに出かけられました。淑子さんは国内はもちろんのこと世界の各地へ一人でツアーに参加して、とにかくよく出かけて、各地で出会った風景を詠むことに徹していました。二〇〇九年の正月の句には、〈北欧の酒器が似合うて屠蘇を汲む〉があります。旅の記念の品が正月に登場しています。

　　　トルコカッパドキア
洞窟のフレスコ壁画春寒し
地下都市の隧道出でて花あんず
　　　ストックホルム
新涼のカフェに確かめ街の地図
ノーベル賞の署名の椅子や秋うらら
　　　ヘルシンキ
要塞に遊船の影入港す
紅傘にどくろマークの付く茸

二〇一四年には、

ハワイ島

夏雲に対峙すすばる望遠鏡

蠍座が地を刺す位置に夏の島

月涼し噴火止まざる空の色

サンクトペテルブルグ

赤の広場笑顔返さぬ遠足子

要塞の砲が昼告げのどけしや

二〇一五年には、

イギリス

駒鳥の五更の声を旅寝かな

放牧の石垣うねる大夏野

青嵐ストーンヘンジに表裏

跳橋を帆船くぐる夏の果

二〇一六年には、

オスロ

北欧の海の昏さよ青りんご
要塞に闇を呼び込む大西日
大西日ムンクの「叫び」見し街に
新涼や氷河の削る白い岩

二〇一七年には、

ニューヨーク

ハーレムのジャズに酔ひたる夜長かな
冬立つやマンハッタンに影ひきて
黄落やグラウンドゼロに祈る人
冬晴や進化のはての鯨に手
紙カップ掲げ通勤落葉踏む

黄落や半旗かかぐる大使館

二〇一八年には、

エジプト

ピラミッド消すがごとくに砂嵐
玄室に空の石棺汗ぬぐふ
帆船へナイル音なし麦熟るる
白服も白帆も風をはらみつつ
ファラオの首落ちしままなり砂灼くる

二〇一九年九月七日、東京経由で上毛高原駅を出発点に氷室群馬支部の方たちとの合同句会です。淑子さんと武敏さんも停車場句会のメンバーとして参加し、京都からは重富國宏さんと尾池二人が参加しました。谷川岳ロープウェイ、天神平からリフトで展望台へ。鳥兜がその辺りに普通に生えているのに感動しました。谷川温泉金盛館で句会を開き、たくさん詠んで、たくさん食べて、超辛口の銘酒

「谷川」を堪能しました。

二〇二〇年には次の句があり、旅にまたでることを楽しみにして夢にまでナイルが流れていたようです。

昼寝覚夢にもナイル流れをり

この夢の思いが実現することなく、淑子さんは旅立たれました。この『宮澤淑子句文集』は、淑子さんが出版を意図して自ら作成しつつあった原稿をもとに、停車場句会のメンバーが協力して完成したものです。「氷室」に投句された二〇〇六年から二〇二〇年までの句を中心にご本人が句稿に加えていた句を主に三六七句が掲載されています。句の順番は、その年の新年、晩冬、春、夏、秋、冬、年末の順番に並べました。

また一句鑑賞文は「氷室」に淑子さんが執筆された「新・現代俳句鑑賞」の中からご自分で選ばれた一一編を収録しました。

出版にいたるまで原稿を整えるさまざまな過程で、停車場句会のメンバーにお世話になりました。とくに「氷室」編集長である尾池葉子の記憶と選句力に負うところが多く、淑子さんとの俳句や俳句鑑賞文での綿密なやりとりの葉子の記憶が貴重でした。また、出版に際して青磁社の永田淳氏にお世話になりました。

題名は淑子さんが生前に住んでいた港のある横浜を気に入っておられたので『港のある街』としました。

この一冊の句文集が、いつまでも私たちに淑子さんの声を届けてくれることになるでしょう。

二〇二二年三月三〇日

港のある街＊目次

宮澤淑子句文集

港のある街

大阪城

二〇〇六―二〇一二年

二〇〇六年（平成十八年）

春の雪瓦に屋号残したる

よしきりの鳴くや小舟の先々に

梅雨雲の立ち上がりたる八ヶ岳

岡谷

白樺の皮を門火に母老いぬ

昔日の川筋戻る秋出水

奥入瀬や橡の実拾ひ瀬を渡る

子を甕に葬る遺跡秋の雲

二〇〇七年（平成十九年）

潮騒に汽笛の流れ年明くる

天城越ゆる二人無口や春の雨

梅雨深し小江戸に時の鐘響き

休日の列車よくゆれ梅雨深し

玄海を見下す丘の夏あざみ

引揚げ来し島万緑のただ中に

二月堂の紅葉向うに母校かな

氷点下落葉の渓をわれ一人

二〇〇八年（平成二十年）

入船の少なき寒九暮れて来し

寒明や六つまで見えし伊豆七島

神官の装束涼し壱岐神楽

すぐり摘む山に郭公鳴き渡り

地蜂追ふ男夏野を一直線

盆僧の法衣畳みて若きかな

短日の兄弟無口臼運ぶ

丸餅も角餅も搗き夫婦かな

二〇〇九年（平成二十一年）

北欧の酒器が似合うて屠蘇を汲む

トルコカッパドキア二句

洞窟のフレスコ壁画春寒し

地下都市の隧道出でて花あんず

仮架けの宇治橋踏んで伊勢参

料峭や賽銭担ひ行く禰宜も

大阪城濠より明けて半夏生

養蚕の名残の桑の茂りやう

いろは坂「ん」を過ぎたれど紅葉山

出来秋の甲斐にすそ曳き八ヶ岳

鉄採れし山にしていま木の葉落つ

しぐるるも京の旅とて濡れてゆく

釣船が鴨の陣めく冬の海

日を拒む樹海の斑雪緩みなく

大仏の体内に入り冬ぬくし

二〇一〇年（平成二十二年）

かがり火のはや熾となる初詣

一月の大吊橋の風の音

信濃路に来て遅き春身近にす

本宮の梶の芽吹きや木遣歌

霾や猫を相手の露天商

上社御柱里曳き

御柱の里曳きにつきひもすがら

海堰きて拓きし祖父や青葉風

藺草草履商ふ間口花あふち

鳴釜の音のひそかに青葉風

今もなほ鉄泥を産む渓は秋

結婚の話にはかに虫のこゑ

地震痕の新しき道きのこ採

黄落やまもなく閉ざす峠道

八ヶ岳よく見ゆる日の餅筵

夫の佇む故郷の駅雪しまき

二〇一一年（平成二十三年）

初富士や坂たたなはる街に住み

婿となる人を交へて初詣

天草の焼酎初荷とて二本

高山に「氷室」てふ酒春浅し

長靴の胸まで濡らし川菜採

ギリシア　メテオラ

青麦の平野そびらに峠越ゆ

トルコ四句

イスタンブール芽吹き促す雨となり

海越しのトプカプ宮殿春かすみ

バザールや屋台の春菜濡れてをり

春寒し隊商宿の家畜部屋

海抱く街のテラスや春惜しむ

背負籠に花菜のかさや安房の海

地震後の停電ことに春の星

災害派遣

葉桜や支援の兵に手を振りて

水番の鍬持ち沢を下りゆく

空海の旅立ちし島南吹く

海色の原種あぢさゐ花火めく

海霧ごめや教会跡のクルス墓

その昔河内木綿屋青ぐるみ

弁天堂うづみ残して蓮の花

秋あかね川の日差しに動かざる

海峡や小石鳴らして野分波

秩父囃子ふつりとやみて闇深し

白き墓標並ぶ芝生の冬薔薇

二〇一二年（平成二十四年）

初撞きの鐘や思はぬ音のして

天草の朱欒巨きな初荷かな

満天にひろがりて星寒波来る

乾く田に藁解き敷きて寒天干

須弥壇に闇ひろげをり寒の燭

芽吹く木々地層あらはに切通

語り部と踏む被災地や冴返る
岩手県田野畑村

春寒や人見えぬ地に家遺る

津波馳せ上りし村や鳥雲に

海霞む明治の津波記す碑も

津波痕に昼月透かし春の雪

磴のみになりし駅舎の遠霞む

堤防の様の失せたり春怒濤

みちのくに春の蛸漁始まりぬ

ドイツ六句

雪解川ラインの碧みとこしなへ

河明り葡萄の芽吹き促しぬ

芽柳や教会地下にワイン蔵

行春や旅の途上のケルン駅

ベルリンの壁の薄さや春落葉

春昼やからくり時計ぱたと閉づ

石楠花の盛り明るき高野山

経唱へ新緑めぐる修行僧

瞑想に入る一同へ青葉風

溶岩湖棚田となりぬ青嵐

薫風や大室山の鉢めぐる

米蔵の手斧削りや青嵐

ねぶた果て大きな月を見つけたる

天竜川に躍り入る水今朝の秋

風の盆男踊の手のしなふ

月白やぼんぼりうねる坂の町

金木犀散り敷く墓の主知らず

彼岸花悪妻ゐしや離縁状

薄もみぢ書院に祀る火伏神

越中五箇山三句

森に響くこきりこ唄や豊の秋

爽やかにこきりこ踊退きゆけり

きざはしに放下師控へ天高し

秋日濃し猿北限の群をなす

海峡や小石鳴らして野分波

秋風の硫黄吹き分け恐山

秋寒き殺生石の硫黄華

冬ざるる山の吐息か硫黄の香

恐山地蔵はなべて頬かむり
そぞろ寒やぐら奥なる昼の闇

島原湾

二〇一三―二〇一四年

二〇一三年（平成二十五年）

初富士や樟のみ遺し立場《たてば》跡

駅伝の己が影追ひ二日かな

駅伝や冬の影曳き伴走車

十二神将仰ぎて寒き背かな

夕映の土牢乾く寒九かな

谷戸うちの十三仏や寒の燭

小流れの鎌倉橋や日脚伸ぶ

斜陽館二句

高窓の氷柱に日射す斜陽館

料峭や監獄めきし煉瓦塀

雪形の鷹翔けんとす岩手山

昆布干す海岸段丘せまる浜

ひと粒は復興支援チューリップ

初蝶や水漬《みづ》きの舟に日のこぼれ

英連邦統ぶる墓地なり山桜

水番の名ばかりなりや長話

橋上に県境あり山法師

石見銀山三句（氷室鍛練会）

滴りや鑿跡なぞり間歩《まぶ》あゆむ

坑道へくろもじの香や五月闇

竹散るや石見守の墓の辺に

川面掃くやうに飛び交ひ夏つばめ

箙《えびら》負ふ景《かげ》季《すえ》の霊夏の月

昼寝覚引き揚し日の青畳

山形黒川能三句

夏深き月山に聞く鈴の音

夜の秋地謡の曳く長袴

出羽三山仰ぐ平野や稲の秋

新涼のカフェに確かめ街の地図

ストックホルム二句

ノーベル賞の署名の椅子や秋うらら

ヘルシンキ二句

要塞に遊船の影入港す

紅傘にどくろマークの付く茸

陸奥下野境の二神草の絮

連獅子の太き手首や秋暑し

冬ざるる干潟や白き虚貝

磐座へ吹飛ばされし銀杏の実

とび鳴くや湾も舟屋も小六月

小春日の出払つてをる舟屋かな

富士快晴浜白うして干大根

時雨雲わくと見る間に濡れてをり

逆光に大島の影干大根

もがり笛蝦夷地も船も見えざる日

海峡に真向かふ旅や雪礫

二〇一四年（平成二十六年）

破魔矢など夫にあづけて鐘を打つ

舎利殿の淑気おのづと背山にも

ふたたびの雪に太りぬ雪だるま

春泥や聖堂みがく修道士

春潮や手燭たよりの岩谷行

サンクトペテルブルグ二句

赤の広場笑顔返さぬ遠足子

要塞の砲が昼告げのどけしや

差し潮の涼し青物市場の碑

蓼科二句

魁夷の白馬かき消すか春驟雨

縄文の火の跡へ行く蟻の列

住吉の御田ととのふ杜若

鬼灯市雷除も買うてをり

ハワイ島三句

夏雲に対峙すすばる望遠鏡

蠍座が地を刺す位置に夏の島

月涼し噴火止まざる空の色

関門海峡三句

海峡の潮動き出す朝ぐもり

船群るる早鞆《はやとも》の瀬戸明易し

夏潮の白く立ち来る壇の浦

夏暁や塩水打つて通し土間

畳褪せし松下村塾松落葉

蜩や重なり合うて村の墓

底紅や夫は真言われ門徒

伊賀越の杉の昏さも九月尽

くわりん熟れ芭蕉生家の叩き土間

掌に遊ばせ蓑虫庵の椿の実

秋日濃き蓑虫庵の縁に座し

丈六の光背釣瓶落しかな

冬に入る眠りの深き眠り猫

北海道四句

国後島つかのま見ゆる夜寒かな

国境は指呼のうちなり尾白鷲

流氷を沖へ押しやり低気圧

ペンギンのまろび歩くよ雪の道

島原三句

短日や日の入おそき島原湾

門前に干物商ふ冬の浦

冬晴や渦が渦生む海の色

グラウンドゼロ

二〇一五—二〇一七年

二〇一五年（平成二十七年）

白き粉あび豊橋の鬼祭

優花誕生二月二十日

旧正の空の碧さや誕生す

風花や芭蕉旅寝の吉田宿

冬日燦富士に閑雲高くあり

年内の春や日のさす谷戸の奥

光追ふ生後十日よ紙雛

料峭や錘下げつつ塔時計

春めくやビルの谷間の除痘館

種痘痕うすれし昭和春深し

花屑の渦に八軒家浜かな

地植ゑせし母のさつきの盛りなる

三世代つなぐ晴れ着よ楠落葉

寄り目して手指見る嬰風薫る

鉈彫のかんばせ涼し薬師像

會津墓地乾ききつたり朝曇

夏富士を正面にして小径ゆく

イギリス四句

駒鳥の五更の声を旅寝かな

放牧の石垣うねる大夏野

青嵐ストーンヘンジに表裏

跳橋を帆船くぐる夏の果

逆光の富士に真向ふすすき原

日陰れば萩散る杜国配流の地

鷹渡る恋路が浜へ岬の影

深秋や巫女はひたすら輪注連結ひ

氷室俳句大会五句

禊の井へ紅葉散り込む社家の庭

無双窓師走の風を通しけり

炮烙割の奈落をのぞく十二月

冬紅葉猿の眼まろき壬生の面

天秤押ししなふ酸茎の漬かりやう

二〇一六年（平成二十八年）

舎利殿へ光ひとすぢ鏡餅

間伐の杉年迎ふ篝火に

僧坊にうどんの香る二日かな

禅道場切貼りしるき白障子

鳶舞うて寒九の海を広げたり

英連邦遺す墓地なり春入日

墓碑銘の若きを悼む春の芝

はやばやと菜の花育て菜の花忌

抱きとりし嬰の重さよ花菜漬

ゆらゆらと十歩あゆむ児春の風

思ひ出

父の背な追うてオンドルあたたかし

連翹や連れ帰れざる雛のこと

伊豆二句

山葵田の山並み低き峠越え

花の雨にまぎれ独鈷の湯煙も

葉桜に落ちつきもどる段葛

夏つばめ稲村ヶ崎指呼にして

老鶯や木の根にすがる背山道

高時が切腹やぐら木下闇

木星は遅るる頃の夏の月

ほととぎす木偶の動きにこゑ落とす

通知簿の屋根裏にある盆の家

稲荷社やきつねのかみそりが寂びて

抱きし子の尻上下する秋の馬場

球磨川の塘さかのぼり秋うらら

落鮎やダム撤去せる流れ得て

秋風や光を波に山の池

オスロ四句

北欧の海の昏さよ青りんご

要塞に闇を呼び込む大西日

大西日ムンクの「叫び」見し街に

新涼や氷河の削る白い岩

前田家の菩提寺に遭ふ能登しぐれ

参道の竹組み低き雪囲

大寺の墓所の昏さよ雪ぼたる

二〇一七年（平成二十九年）

我が影を湖におき初景色

朱欒抱へあげて畚まで幼き子

冬晴や歌碑に向き合ふ丸太椅子

寄生木に金星の透く寒の内

高きより薄氷ゆるび千枚田

水仙や馬献上の安房の里

線刻の牡牛浮き立つ春隣

学校の棚田一枚春を待つ

笹鳴や谷戸に奥まる虚子の墓

お下りの身丈に長し春の雨

連翹や飽きず丸める粘土玉

雛飾るかつて宿場の店構

うなぎ屋の二階にぎやか春驟雨

菜の花の駅舎となりし伊良湖かな

海割るるごと春潮の引き加減

引波に鳥群れてをり春の磯

丸石の滑り易きよ石蕁採

山城の跡へ代田の道迷ひ

小さいながら植田整ひ登呂遺跡

溝深き竪穴住居夏の草

甕形の土器に焦げ目や麦嵐

子規居士に見せたき薔薇の港かな

若葉して公暁の銀杏この丈に

氷食谷の短き夏を山羊ひつじ

山荘の留守居としたり蟾蜍

夕風や奉納風鈴なりはじむ

帆船の帆を張りてより秋立ちぬ

黒石ふむ千人風呂や秋の風

海峡の漁火近き夜長かな

倒れたる竿灯負うて勢子の息

熱の子の膝に寄り来る鵙高音

足輪なく小象の遊ぶ秋日和

指濡らし幼いちづに葡萄剝く

萩散るや江島屋敷の嵌めころし

木曾駒の暮れのこりたり蕎麦の花

明王の焰のゆらぎ冬に入る

鐘楼の土間のくぼみや冬深し

ニューヨーク六句

ハーレムのジャズに酔ひたる夜長かな

冬立つやマンハッタンに影ひきて

黄落やグラウンドゼロに祈る人

冬晴や進化のはての鯨に手

紙カップ掲げ通勤落葉踏む

黄落や半旗かかぐる大使館

遠富士や菰巻低き磯馴松

打棒に空打つ鮭の尾鰭かな

高窓へ海風入れて鮭乾く

気嵐や動かぬ鮭の流れゆく

塩干鮭吊す町家の座売りかな

富士に雪降るを見てをり駿河湾

氷室創刊二十五周年記念大会

花車の紅き実映ゆる金屏風

ナイル

二〇一八―二〇二〇年

二〇一八年（平成三十年）

冬霧を押すがに船の入港す

鎌倉へ駅三つの旅初松籟

下仁田（氷室ジオパーク吟行句会）四句

繭蔵の足音ひびき春の闇

地の動き示す青石雪のせて

凍川に渡し場跡よ鳥翔る

向ひ合ふ蒟蒻蔵のしづり雪

男の子子へ天神飾り雛祭

幼子が這ふ子へ這うて雛の家

小豆島（氷室鍛練会）四句

活断層なき島けぶる青嶺かな

醬油樽に菌の棲みつく薄暑かな

茅葺の歌舞伎場なり大夕焼

竹散るや島の札所に石の椅子

松山三句

夏雲や天守小天守掃き清め

伊予青石涼しかりけり子規の句碑

石手寺に子規の足跡蟬しぐれ

エジプト五句

ピラミッド消すがごとくに砂嵐

玄室に空の石棺汗ぬぐふ

帆船へナイル音なし麦熟るる

白服も白帆も風をはらみつつ

ファラオの首落ちしままなり砂灼くる

ひそやかな雨の音あり日向水

背ナに子を歩荷のごとく花野ゆく

縄文のこどもの手形星祭

山麓の縄文遺跡秋澄めり

ぽつかりと土偶の口や木の実降る

小鳥来る白きノートに子の手形

信貴山（氷室俳句大会）四句

虎の日の虎の見あぐる冬の寺

冬灯ゆらぎ転読大般若

戒壇廻り冷たき錠にゆきあたる

冬紅葉蔵飛ぶ絵巻みてをりぬ

大足の回峰行やしぐれ来る

両親の知らぬ平成年惜しむ

二〇一九年（平成三十一年）

初富士や領巾ふるごとき雲のたち

八幡宮に松籟深し実朝忌

剪定や富士へ展ける果樹の畑

キムチ漬の発酵すすむ二月尽

のどけしや膝近くして阿弥陀仏

陶棺へ武蔵野の風初蝶来

トンボロや背負籠かろく磯菜摘

パラオより帰還の遺骨落椿

黄菖蒲の濠へ影なす古墳かな

やりとりの速き筆談かき氷

北窓に夏日うつろひ醬油蔵

甲斐なれや丘の形に葡萄棚

赤城山の裾ひろらやか林檎熟れ

対岸の闇に浮きたる夜業かな

木の葉散る原爆供養塔の上

大寺の屋根数へつつ冬の旅

二〇二〇年（令和二年）

初景色相模の海へ鐘一打

舎利殿の裏山の荒れ冬深し

海蝕崖埋むる海鵜春近し

促音まだ書けぬ手紙よ春の風

鈴の緒に除菌の湿り春寒し

切通しの小流れ堰くは落椿

寄生木に鳥来る閏二月尽

春陰や海に戻りし干拓地

花屑の光の嵩よ日照雨来る

薔薇咲くや留鳥のごと氷川丸

ラマ僧のくるぶし細き素足かな

ゆつくりと夏霧はれて港の灯

昼寝覚夢にもナイル流れをり

「氷室」連載

「新・現代俳句鑑賞」より

二月闇寒く寒しや春日杜

中久保 白露（春日野主宰）

「俳句界」二月号

私は、学生時代大阪から奈良まで通学していた。奈良の中心部は大きな公園と春日大社の杜を擁しているので、駅の周辺を離れると灯も少ない。大阪に比べ寒さも厳しいようで、授業が済むとそそくさと帰宅していた。しかし、山焼や節分の夜の春日大社の萬燈籠、お水取は一人で、または友達と連れ立って見に出かけた。

近くに暖を取る場所もない参道で、燈籠に一灯ずつ点火していく神官の後をついていく時の寒さは、若くても身に堪えた。点火されても、参道を照らすほどの明るさはなく、躓いたり不意に鹿が暗がりから出てきて驚いたりした。

提出句は「春日萬燈籠」を詠まれた六句より。「寒く寒しや」の表現が身に迫り、当時の寒さや心許なさを思い出す。後年、中元の夜の点灯にも行ったが、幽玄な雰囲気を味わっただけで、あの当時の、若さゆえの頼りなさは感じなかったことを喜ぶべきか、憂うべきか、そんなことも引き出して貰った。

（「氷室」二〇一六（平成二十八）年四月号）

花の宿大和茶粥にあづかりぬ

大石悦子（鶴・紫薇）

「俳句」六月号

桜の名所は数多あるが、吉野の桜には特に歴史や物語にまつわる多くの逸話がある。山桜が中心で約三万本の桜が山の麓から奥山へ咲き上る様は見事で、今年は俳人協会関西支部主催の「花と緑の吉野吟行会」があり、作者は選者をされた。その時に立ち寄られた宿で茶粥を召し上がったのであろう。

茶粥は奈良が本場だが、和歌山や大阪南部などでも昔から食されてきた。特に夏の朝、一仕事終えた大人たちが、大釜に茶袋を入れ炊き上げた粥をさらさらと食べている様子は、子供心に美味そうだと思った。現在はその地の名物として、他の御菜も添えられているのであろう。

「あづかりぬ」の措辞に、ありがたいご馳走をと、茶粥に感謝の念が込められていて、作者のお人柄が思われる。

題名「百囀」には吉野山や京都の花や鳥が詠まれていて、感動だった。中でも華やかでしっとりした句群の中での〈茶粥〉に心惹かれた。

（「氷室」二〇一六（平成二十八）年八月号）

とっぷりと暮れ御柱曳きつづく

山西　雅子（舞主宰）

「俳句界」六月号

諏訪大社の御柱祭は七年に一度、寅と申の年に行われる。社殿の四隅の御柱を建て替える祭である。上社本宮、前宮、下社春宮、秋宮に四本ずつ計十六本の十メートルを越す樅の大木が使われる。前年に伐採され、四月初めに「山出し」「木落し」「川越し」をして五月の「里曳き」「立て御柱」を待つ。行事はすべて近隣の市町村の氏子によって行われ、華やかな祭法被や木遣おんべの唄などで気分を盛り上げる。

題名「木落し」二十一句で早春の御柱を待つ里や宮の様子を仔細に詠んでおられる。掲出句は春の夕暮、まだ距離のある御柱の仮安置所まで、年寄、子供を交えた一団が木遣に励まされながら曳き続ける光景であるが、「とっぷりと暮れ」に少し切ない疲れた気分が窺える。こうして無事安置された御柱は、五月の「建て御柱」を待つばかりになる。

御柱は、諏訪地方のあらゆる末社、小宮でも建て替えられる。義父母が健在の頃、御馳走を頂き、秋の日差しの中を御柱に付き従ったことを思い出した。

（「氷室」二〇一六（平成二十八）年八月号）

大文字雨にひるまず燃え上がる

名村 早智子（玉梓主宰）

「俳句四季」十月号

大文字は、八月十六日の夜、京都の五山の送火の一つで、東山の一峰、如意ヶ嶽の山腹に大の字にかたどった火床に薪を積み点火する。今年は、午後六時頃から雨が降り出し、点火の頃は土砂降りだったと聞く。五山の送火はお盆の行事なので、気象条件で禁止になる以外は、日延べも中止もないそうである。

作者は、大雨にもかかわらず燃え上がる炎を「雨にひるまず」と詠み、同時に〈雨に燃ゆ舟形の火も妙法も〉とも詠んでいる。

筆者は数年前、嵐山の渡月橋から京都の街越しに遠く「大文字」を見て感動した。今年の氷室大会は松ヶ崎であり、「法」の火床の山が低く、目の前に見えたのにも驚いた。三方を山に囲まれた京都の地形を生かし、五山の送火で精霊を送る京都の歴史的な風習に惹かれる。

「残照」十六句で、お盆前後の京都の景と作品に合わせた美しい写真に京都への旅心を誘われる。

（「氷室」二〇一六（平成二十八）年十二月号）

薬嚙む神農の貌日短か

津川　絵理子（南風主宰）

「俳句」二月号

神農祭は、大阪市中央区道修町の少彦名神社の例祭で十一月二十二、二十三日に行われる。祭日には厄除けの張り子の虎が授けられる。張り子の虎は、腹に疫病除けの印を押され笹に吊られて首を振る姿に愛嬌がある。祭神は薬神の少彦名命で、中国の伝説上の皇帝、医薬の神農氏も祀られ、大阪人に「神農さん」と親しまれる。江戸時代コレラが蔓延した時、鬼をも裂くと言われる虎の頭骨の入った生薬とお札を配り、コレラを防いだことから崇められた。明治、大正に入ってもコレラが流行して、おびただしい人が亡くなったと父から聞いている。

同時掲載の〈鬼も飲む腹の薬や小六月〉があるので、神農の虎の由来をご存じの上で、とぼけた虎の貌と「鬼も飲む腹の薬」と詠まれた洒脱さが季語「小六月」にぴったりと合っている。「景色」二十一句で、冬の街や初冬の野を詠んだ景色が並ぶ中、思わず顔がほころぶ二句に出会った。

（「氷室」二〇一七（平成二十九）年四月号）

鯉上げを前に広沢池初冬

朝妻 力（雲の峰主宰）

「俳句」二月号

農業用の灌漑池は、春からの田畑の耕作に備えるために、冬の渇水期に池に溜まった泥を掘り上げ整備する。池普請である。この時期に京都嵯峨野の広沢池では、二、三日かけて池の水を抜き、京都の冬の風物詩になっている「鯉上げ」を行う。四月に千数百匹の稚魚を放流して、鯉は四十センチ程に育っている。鮒、モロコ、エビなども採れる。

平成二十五年「氷室大会」二日目に広沢池と妙心寺へ吟行した。鯉上げの初日の日曜日であり、人々が鯉やモロコなどを秤売りで買っていくのを土手の上から興味深く眺めた。池の水を抜いても、山手からの流れが池底を這うように水筋をつくり、鷺が餌を漁り、かいつぶりが潜る様子などに魅入った。愛宕山に雲がかかったと見る間に時雨がやって来て、冬の京都の本物の「時雨」も体験した。

題名「広沢の池」十二句で、嵯峨野の景色を存分に詠まれているので、吟行の時の景色が思い浮かぶ。〈頸長く鷺みじろがぬ時雨月〉〈地衣類を幹に桜の冬紅葉〉なども、時雨を避けて池の茶屋で暖を取ったことが思い出される。冬初めの嵯峨野の景色が映像のように浮かぶ句群であった。

（「氷室」二〇一七（平成二十九）年四月号）

ひと呼気のうちに五度ほど鱧に刃を

伊藤　伊那男（銀漢主宰・春耕）

「俳句」十月号

鱧は本州中部以南の浅海で夏場に獲れるため、関西地方で主に賞味される。小骨が多く、鱧の骨切と言って鱧の皮から切り離さないように、出来るだけ細かく包丁を入れていく。熟練の料理人は一寸につき二十六筋切ると言われる。梅雨の時期の六月下旬から約一か月が旬で、それが祇園祭や天神祭の頃であることから祭鱧とも呼ばれている。

「京の路地」十六句に祇園祭の句が並ぶ。作者は京の街を歩かれ鉾やその巡行を見られた。街角の魚屋で骨切を見られたのであろうか、錦市場かもしれない。ただ、これほど実感のこもる描写は、料理屋の席で料理人の手元を見つめた気息かと思う。美味しい鱧を食されたことであろう。

（「氷室」二〇一七（平成二十九）年十二月号）

古風なる名の家族にて祝箸

片山　由美子（狩副主宰（当時））

「俳句」二月号

祝箸は新年の食膳に用いる白木の太い箸である。多くは柳を材として、箸紙に家族それぞれの名を書いて出される。

作者は書かれた家族の名前を古風だと感じられた。古風とは、文字通り、古い様子を意味するのであろうが、古いだけでなく大切に受け継がれている習慣やしきたりなど、日本らしい風情を感じられることを示す。

明治、大正時代の女子の名前には「子」が付くことは少なく、昭和に入った頃から「子」を付けるようになったようだ。昭和の後半になると「子」の付く名前が少なくなり、平成になると、判じものめいた漢字の名前も増えた。いわゆるキラキラネームである。最近はまた古風な名前がかっこいいと、日本らしい漢字に「子」を付けるとも聞く。お正月に家族揃ってお雑煮を祝う時、名前の由来が話題になるのも楽しい。

「初暦」二十一句で年末から寒中の景を詠まれ、同時掲載句〈元日や庭の日差の昔めき〉や〈福寿草廊下にミシンありし家〉など昭和を懐かしむ作品に共感する。

（「氷室」二〇一八（平成三十）年四月号）

上賀茂に水の岐るる酢茎かな

黛 まどか

「俳句」二月号

賀茂川と高野川は出町柳で合流して鴨川となる。出町柳の上流の賀茂川沿いに上賀茂神社がある。掲出句は上賀茂神社からの流れが社家の方へ明神川として岐れるあたりだろうか。

平成二十六年「氷室大会」二日目に上賀茂神社、大徳寺などに吟行した。上賀茂神社では酢茎奉納祭が行われており、本殿前に天秤押しの酢茎樽が並んでいた。酢茎はこのあたり特産の蕪菜の一種すぐき菜の葉を付けたまま塩漬して、水が上がれば本漬する。重石が片寄らぬように天秤を用いる。重石に長い丸太が撓るさまは壮観であった。神社の南側に社家町があり、かつて酢茎は代々社家の特産として御所への献上品であった。初冬の社家の伝統的建造物群と門前の流れは清々しかった。

地名と流れ、酢茎の季語によって、初冬の上賀茂神社一帯の風景が広がり、落葉を踏む音、結婚式の景色まで思い出した。

（「氷室」二〇一八（平成三十）年四月号）

人逝きて春潮の沖のこさるる

岩岡 中正（阿蘇主宰）

「俳壇」六月号

「石牟礼道子追悼」と題された十句の巻頭である。作者は石牟礼道子氏と同郷で、石牟礼道子氏を研究対象として『魂の道行き〜石牟礼道子から始まる新しい近代』を上梓された。

石牟礼道子氏は、水俣病を、被害者からの聞き取りで小説の形式にした『苦海浄土』で告発し、豊饒な前近代に取って代わった近代社会の矛盾を問い、自然と共生する人間の在り方を小説や詩歌の主題とされた。

作者によれば「彼女は十代から九十歳の最晩年までことばの力が最も集約された俳句形式にこだわる俳人でもあった」と毎日新聞の俳句月評に書いておられる。〈祈るべき天とおもえど天の病む　石牟礼道子〉は、世に衝撃を与えた。

筆者は数年前、不知火、有明の海を見ながら天草までドライブして広大な干潟や有明海の夕日の美しさから、映像でしか知らない水俣病の悲惨さを思った。

掲出の句は、作者の慟哭の思いがこもる。〈亡き人に裏木戸開けてある野梅〉にも思いを深くした。

（「氷室」二〇一八（平成三十）年八月号）

物持ちの妻の春着を誰にやろ

茨木　和生（運河主宰）

「ＷＥＰ俳句通信」113号

春着は、年始に着る新しい着物のこと、多くは女性のものという。元旦には子供の枕元に新しい下着などが揃えられ、母は着物姿で祝膳の支度をしていた。お屠蘇を祝った後、娘たちは振袖、母は改まった着物姿で初詣や親戚廻りに出かけた。終戦後の物のない時代も親たちは何か新しい物を用意してくれた。

そんな親を見て育った世代は簡単には物が捨てられない。「物持ち」とは、物を多く持っているというより「物を大切に長く使う」意味かと思う。

作者は奥様を亡くされて、年末年始はいつも以上に奥様のことを思い出されると拝察する。晴着の奥様と初詣や新年会などに出かけられたことであろう。

「初夢」十六句のうち五句に奥様を詠まれている。亡き人の物は、愛用した人の思いが込められているし、その人への想い出が重なる。「妻恋」の作品にこころが熱くなった。

（「氷室」二〇二〇（令和二）年四月号）

あとがき

ここに妻淑子の「句文集」が出版されることになり、ご協力下さった皆様に厚く御礼申し上げます。

もともと俳句にはご縁は無かったのですが、S2クラス会に参加するようになってから尾池和夫様、葉子様のご指導のもと、また「停車場句会」の皆様とのお付き合いのなかで俳句の世界にのめり込むことになりました。そんななかで二〇二〇年に病を得て、本人の強い希望により、何らかの形で作品集をまとめていただくようお願いすることに致しました。実際には最初の予想を超えて序文執筆から編集の細部にわたるまで全面的に尾池様のお世話になり、お蔭様でこのような立派な遺作集が完成しました。「停車場句会」の皆様にも編集作業でお世話になり感謝しております。

私と淑子は同じ年に同じ会社の同じ部門で出会い、仕事も同じレーザーの開発でした。偶然どちらも終戦で朝鮮から引揚げてきた経験がありました。こんなこともあってか何となく自然に一緒になったのでした。

淑子はどこから見ても「大阪のおばちゃん」でした。声が大きい、物おじしない、誰とでもすぐお友達になるなど、私とは正反対です。いまの私はかの有名な句に倣うなら「晩酌をしてもひとり」の日々です。

長年にわたりご指導ご鞭撻を賜りました尾池様ご夫妻をはじめご厚誼を賜りました皆様に重ねて御礼申し上げますとともに、皆様のご健勝とご活躍をお祈り申し上げます。

二〇二二年八月

宮澤　生行

著者略歴

宮澤　淑子（みやざわ　としこ）

一九四〇年　岡島家長女として大阪市に生まれる
一九五九年　大阪府立大手前高校卒業
一九六三年　奈良女子大学理学部物理学科卒業
同年三菱電機株式会社入社、研究所に配属される
研究所ではレーザーの開発に従事
一九六六年　宮澤生行と結婚
一九七一年　退社　翌年長女誕生
一九八三年　横浜市に転居
その後自宅にて学習塾（学研教室）を約三十年間営む
二〇〇六年頃よりS2句会の場にて俳句作りに励む
二〇二〇年十二月十九日死去（膵臓癌）　享年八十

氷室叢書

句集　港のある街

初版発行日　二〇二二年十月四日
著　者　宮澤淑子
横浜市保土ヶ谷区権太坂一―二六―六（〒二四〇―〇〇二六）
宮澤生行（遺族）
定　価　二五〇〇円
発行者　永田　淳
発行所　青磁社
京都市北区上賀茂豊田町四〇―一（〒六〇三―八〇四五）
電話　〇七五―七〇五―二八三八
振替　〇〇九四〇―二―一二四二二四
https://seijisya.com
装　幀　加藤恒彦
カバー写真　森島朋子
印刷・製本　創栄図書印刷

ISBN978-4-86198-546-1 C0092 ¥2500E